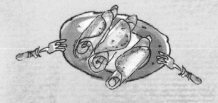

Dziadek
na huśtawce

Renata Piątkowska

Dziadek na huśtawce

ilustrował Artur Nowicki

bis

Warszawa 2013

ISBN 978-83-7551-150-5

Wydawnictwo BIS
ul. Lędzka 44a
01-446 Warszawa
tel. (22) 877-27-05, 877-40-33; fax (22) 837-10-84

e-mail: bisbis@wydawnictwobis.com.pl
www.wydawnictwobis.com.pl

Druk i oprawa: DRUK-INTRO S.A.

Witek to mój najlepszy przyjaciel. Jako jedyny z moich kolegów nosi okulary i nie lubi budyniu z sokiem, za to potrafi założyć górną wargę na nos i zawsze wygrywa w pluciu na odległość. A od kiedy Witek ma kolejkę elektryczną, to lubię go chyba jeszcze bardziej.

W sobotę po południu jak zwykle układaliśmy wagoniki na to-rach, gdy nagle pod biurkiem zobaczyłem to pudełko. Nieduże, kar-tonowe, trochę pogięte, choć nadal ładnie ozdobione wycinanką z kolorowego papieru. Od razu je poznałcm – takic pudełka robili-śmy na zajęciach specjalnie na Dzień Dziadka. To były prezenty, które mieliśmy wręczyć naszym dziadkom, a oni mieli się zdziwić, że takie piękne, i potem trzymać w nich swoje okulary.

– Co tu robi to pudełko? Nie dałeś go dziadkowi? – spytałem zaskoczony.

– Jak miałem dać, skoro ja nie mam dziadka? Niektórzy mają aż dwóch, a ja żadnego, nawet takiego małego i chudziutkiego jak Bartck – narzckał.

– No to z kim ty będziesz chodził na ryby i robił budki dla ptaków?

Witek tylko wzruszył ramionami i to była cała odpowiedź.

– Nie, to nie może tak być! Musisz znaleźć sobie jakiegoś fajnego dziadka – zdenerwowałem się.

– No coś ty? Gdzie ja niby mam go szukać? Pod łóżkiem albo za szafą? – złościł się Witek.

– Eee, nie za szafą, ale na przykład za płotem – podsunąłem, bo przyszła mi do głowy pewna myśl.

– Za jakim znowu płotem?! – Witek powoli tracił cierpliwość.

– No za moim płotem. Pamiętasz, tam w takim małym domku mieszka pan Teofil, nasz sąsiad. Nadaje się na dziadka jak nikt. Jest stary, pali fajkę i prawie w ogóle nie ma włosów. Ma za to psa. Niezbyt dużego, ale zawsze to pies.

Na wiadomość o psie Witek się ożywił.

– A czy on potrafi dawać łapę? – spytał.

– Jasne, że potrafi – zapewniłem, choć nigdy nie widziałem, żeby ten kundel podniósł na powitanie nogę. Owszem dość często podnosił tę tylną, ale to już w zupełnie innym celu. Witek, który marzył o psie, pokiwał z uznaniem głową, a potem przetarł rękawem przykurzone pudełko i w tej chwili pan Teofil, nic o tym nie wiedząc, został wybrany na dziadka.

Następnego dnia postanowiliśmy pójść do mojego sąsiada z wizytą. Plan był prosty: Witek miał mu dać pudełko, a pan Teofil miał się ucieszyć i – jak na dziadka przystało – zabrać Witka na ryby albo nauczyć go jeździć na rowerze. Staliśmy właśnie przed furtką, rozglądając się niepewnie dokoła, gdy w ogrodzie pojawił się pan Teofil. Miał na sobie koszulę w kolorowe papugi, a na głowie jak zwykle słomkowy kapelusz. Przez okulary wielkie jak spodki przyglądał się uważnie żółtym słonecznikom. Wreszcie zmierzwił palcem wąs, przypominający siwiejącą gąsienicę, i powiedział:

– Stać mi tu pięknie na baczność. Nie schylać się i nie rozrzucać płatków, bo to nieładnie. Macie wystawiać głowy do słońca i opalać się, ile wlezie, bo wasze pestki ciągle są białe jak guziki w nocnej koszuli mojej babki.

– On rozmawia z kwiatkami? – Witek był wyraźnie zaniepokojony.

– No wiem, trochę to dziwne, ale pan Teofil twierdzi, że jak im przemówi do rozumu, to potem lepiej rosną – wyjaśniłem.

Witek przestępował z nogi na nogę i wyglądał, jakby chciał uciec, ale wtedy rozległo się głuche warczenie i przed furtką pojawił się pies. Mały, rozłoszczony i okropnie kudłaty. Bardziej przypominał wyrośniętego chomika niż psa, a jego długi, cienki ogon podobny był do owłosionej sznurówki. W ślad za psem przyszedł pan Teofil.

– Witam mojego małego sąsiada. A kogo mi tu dziś przyprowadziłeś, Marcinku? – spytał, otwierając gościnnie furtkę.

– To Witek – przedstawiłem kolegę i musiałem go aż trzy razy szturchnąć, zanim wyjął pudełko i powiedział:

– Proszę, to dla pana.

– A to ci niespodzianka. Nie pamiętam już, kiedy dostałem jakiś prezent. – Pan Teofil oglądał pudełko ze wszystkich stron.

– Może pan w nim trzymać okulary. Sam je zrobiłem – pochwalił się Witek.

– No pięknie, ale takich ładnych pudełek nie rozdaje się ot tak, bez powodu. – Starszy pan patrzył na nas wyczekująco.

– Eee, no właśnie… – Witek wił się pod tym spojrzeniem, aż w końcu wypalił: – Bo ja chcę, żeby pan był moim dziadkiem.

– Dziadkiem, powiadasz – zdumiał się pan Teofil. Jego brwi powędrowały tak wysoko, że aż schowały się pod słomkowym kapeluszem, a papugi na kolorowej koszuli wytrzeszczyły oczy i otworzyły dzioby ze zdziwienia.

– Marcin powiedział, że pan się nadaje, a do tego ma pan psa i w ogóle – tłumaczył Witek, a na potwierdzenie jego słów rozległo się donośne szczekanie.

– Warczysław, do nogi! – wydał komendę staruszek.

– Jak on się nazywa? – Witek nie wierzył własnym uszom.

– Warczysław Łobuzkiewicz – wyjaśnił pan Teofil, a widząc nasze miny, dodał: – Uważam, że żaden szanujący się pies nie chciałby nazywać się Pikuś albo Bobik. O wiele lepiej brzmi Warczysław. A Łobuzkiewicz to oczywiście nazwisko.

– Fajnie się nazywa. Mogę przynosić mu kości i nauczę go różnych sztuczek. Teraz, kiedy będzie pan moim dziadkiem, to Warczysław będzie też trochę moim psem, prawda? – spytał Witek.

– No cóż, skoro nie masz innego dziadka, to niech już tak będzie. Zwłaszcza że to pudełko na okulary bardzo mi się podoba – powiedział z uśmiechem pan Teofil i jak najprawdziwszy dziadek wyjął z kieszeni garść cukierków.

Od tej chwili zamiast bawić się kolejką, woleliśmy odwiedzać pana Teofila. Dla mnie on ciągle był panem Teofilem, ale Witek nie mówił do niego inaczej niż „dziadku". Warczysław nie szczekał już na nasz widok, tylko machał swoim długim ogonem, smagając nas zawzięcie po nogach. Z czasem przyzwyczailiśmy się do przedziwnych kolorowych koszul mojego sąsiada i do jego słomkowego kapelusza. Nie przeszkadzał nam nawet gryzący dym, który wydobywał się z jego małej, czarnej fajki. Pan Teofil lubił zapalić ją wieczorem i twierdził, że robi to tylko ze względu na komary, żeby mogły przysiąść na cybuchu i ogrzać sobie nogi. One w zamian za to podobno nigdy go nie gryzły. Ale co tam zmarznięte komary, dziadek Witka radził sobie nawet ze złośliwymi kukułkami, które nie chciały wyskakiwać z popsutych zegarów. Bo, jak się okazało, pan Teofil był kiedyś najprawdziwszym zegarmistrzem. Pewnie dlatego w jego domu zawsze coś tykało, dzwoniło, bimbało i kukało. A zegary, zegarki i zegareczki stały, wisiały i leżały dosłownie wszędzie. On nastawiał je i nakręcał, a jak się któryś zepsuł, to tak długo grzebał mu w brzuchu, wymieniał jakieś kółka i sprężynki, aż zegar znowu zaczynał miarowo tykać. Szczerze mówiąc, gdy nikt nie widział, popychaliśmy palcem wskazówki w zegarach, zwłaszcza w tym z kukułką, żeby częściej kukała. Pan Teofil drapał się wtedy po głowie i pytał ze zdziwieniem:

– Co tego ptaka dzisiaj opętało?

Ale najfajniejszy zegar, taki, który nigdy się nie psuje i którego nie trzeba nakręcać, tylko od czasu do czasu wyplewić, miał pan Teofil na trawniku przed domem. Tkwił tam krzywo wbity w ziemię pręt, a wokół niego leżały różne cyferki. To był zegar słoneczny. Cienki jak przecinek cień pręta padał na cyfry i wskazywał czas, pod warunkiem że chmury nie zasłaniały słońca. Ale nawet jak słońce pięknie świeciło, to my z Witkiem i tak nie umieliśmy odczytać godziny ani na tym, ani na żadnym innym zegarze. Pan Teofil uważał, że to jest bardzo proste, i wiele razy próbował nam wytłumaczyć, po co zegary mają te wszystkie cyferki i wskazówki.

– Widzicie, chłopcy – mówił – ta duża wskazówka pokazuje upływające minuty. Jest praco-
wita i raz po raz okrąża całą tarczę. W tym
samym czasie ta mała, grubiutka, przesuwa się
tylko troszkę, od cyferki do cyferki, i wtedy mi-
ja godzina.

Chwilami wydawało nam się, że coś z tego
rozumiemy, ale kiedy okazało się, że niektóre
zegarki mają jeszcze trzecią wskazówkę – taką
cieniutką od sekund, czyli bardzo krótkich chwi-
lek – to wtedy wszystko już nam się mieszało
w głowach. Może dlatego, że w naszych do-
mach zegary wyglądały zupełnie inaczej. Wcale nie były okrągłe, nie miały wskazówek i nie

tykały, że o kukaniu nie wspomnę. A do tego zamiast wisieć na ścianach lub stać spokojnie na komódkach, mrugały do nas kolorowymi cyferkami z drzwi lodówki, z piekarnika, z telefonu lub nocnej lampki. Ja zbytnio tym się nie przejmowałem, ale Witkowi te zegary i godziny nie dawały spokoju. W końcu narysował sobie długopisem na ręce bardzo fajny zegareczek z całym mnóstwem wskazówek, a szeroki zielony pasek namalował flamastrem. Wyszło super. Potem ciągle odsuwał rękaw koszuli i udawał, że sprawdza, która godzina. Wreszcie stwierdził, że zostanie zegarmistrzem, tak jak dziadek Teofil.

Nie byłem tym zachwycony. Planowaliśmy przecież, że będziemy kominiarzami, a wychodzi na to, że sam będę musiał skakać po dachach, bo Witek woli grzebać w zegarkach. Dobrze, że chociaż w kwestii melaśników byliśmy zgodni i obaj uważaliśmy, że nie ma nic lepszego na świecie.

Melaśniki smażył dla nas od czasu do czasu pan Teofil. Najlepiej smakowały nam te z powidłami i cukrem pudrem albo te z syropem klonowym. Kiedyś na początku myśleliśmy, że to są zwykłe naleśniki, ale okazało się, że byliśmy w błędzie. Pan Teofil wyjaśnił, że to, co on smaży, zwija w rurki i posypuje cukrem pudrem, to są melaśniki. Nazywają się tak na cześć jego babci Melanii, która nauczyła go robić te pyszności. Owszem, są trochę podobne do pospolitych naleśników, ale tak naprawdę są od nich o wiele lepsze. No i rzeczywiście, nawet naleśniki z serem mojej mamy nie mogły się równać z melaśnikami pana Teofila.

Ale i one nie na wiele się zdały, gdy pewnego razu Witek pojawił się u dziadka smutny i z zapuchniętymi od płaczu oczami. Nie
chciał powiedzieć, co się stało, a gdy na stół wjechały melaśniki,

grzebał w nich widelcem bez apetytu. Pewnie nawet nie zauważył, że tym razem były z konfiturą malinową i cukrem pudrem oczywiście. W końcu, gdy myślałem, że już nigdy się nie odezwie, wytarł rękawem nos i powiedział:

– U mnie w domu jest teraz okropnie. Tata z mamą ciągle się kłócą, nawet o to, kto ma mnie gdzie zaprowadzić. Wczoraj też na siebie krzyczeli, a potem tata gdzieś pojechał i jeszcze nie wrócił. Mama w nocy nie spała, tylko chodziła po mieszkaniu i się martwiła. Ja spałem, ale przez sen też się martwiłem.

Pan Teofil pokiwał głową, podał Witkowi chusteczkę i powiedział:

– Wysmarkaj nos, chłopcze. I uszy do góry. Może teraz nie wygląda to wszystko najlepiej, ale będzie dobrze. Dorośli miewają problemy, ale radzą sobie z nimi. Twoi rodzice też sobie poradzą. Zobaczysz.

Witek posłusznie wytarł nos, jednak chyba nie przestał się martwić i uszy też wcale mu się nie podniosły. Wtedy przypomniałem sobie mój wypróbowany sposób na kłopoty.

– Klucha! – zawołałem. – Tobie potrzebna jest Klucha! Opowiesz jej wszystko, pogłaskasz jednym palcem po brzuszku, najlepiej wskazującym, i zobaczysz, że to pomoże. Ja zawsze tak robię, jak mi smutno. Klucha to moja świnka morska – wyjaśniłem panu Teofilowi. – Mogę jej o wszystkim powiedzieć, bo ona mnie słucha, rozumie i nigdy mi nie przerywa. Rusza tylko śmiesznie wąsami i popiskuje. A jak jeszcze potem zjem sobie herbatniki w czekoladzie, bo dobrze wiem, gdzie mama je chowa, to już naprawdę niczym się nie martwię.

– No to widzę, że Klucha świetnie się spisuje – uśmiechnął się pan Teofil. – Ja niestety nie mam świnki – dodał – więc ze zmartwieniami radzę sobie inaczej. Chcecie zobaczyć jak?

Właściwie to nie musiał pytać, bo mnie aż skręcało z ciekawości, a Witek przestał pociągać nosem i nawet przetarł okulary, żeby lepiej widzieć. Ku naszemu zdziwieniu pan Teofil zabrał nas do ogrodu. Właśnie rozglądaliśmy się dokoła, ciekawi, co takiego nam pokaże, gdy rozciągnął się jak długi na świeżo skoszonym trawniku i polecił nam zrobić to samo. Położyliśmy się bez słowa. Natychmiast, nie wiadomo skąd, pojawił się Warczysław. W pierwszej chwili nie mógł pojąć, co my robimy, więc stał zdumiony od mordki po ogonek, a potem wykorzystał okazję i odgryzł mi kawałek sznurówki. Witkowi na nosie usiadła dziwna żółta mucha i czyściła łapkami skrzydełka. Właśnie zastanawiałem się, czy takie muchy gryzą, gdy dziadek podniósł do góry palec i powiedział:

– Spójrzcie na te obłoczki. Wyglądają trochę jak brykające po niebie baranki, a trochę jak kłaczki waty.

– Albo jakby ktoś na tym niebieskim rozmazał bitą śmietanę – wtrąciłem nieśmiało.

– No i jak szybko się przesuwają – zauważył Witek. – Niektóre są lekko różowe, a inne trochę szare – dodał.

– Mnie najbardziej podobają się wielkie i białe, o, choćby takie jak ten. – Pan Teofil wskazał sunący nisko duży obłok. – On wygląda jak statek, prawdziwy parowiec. Ma nawet dwa kominy. Widzicie? – spytał.

– No, ale ta chmura z boku jest dużo fajniejsza – upierałem się.. – Przypomina konia. Co prawda brakuje mu ogona, ale to najprawdziwszy koń.

– Eee tam, najlepsza jest ta u góry, lekko różowa. Nigdy jeszcze nie widziałem takiej superchmury. Wygląda jak latający spodek, ma nawet coś, jakby małą antenkę – zachwycił się Witek.

– No więc teraz uważajcie. To działa tak. – Pan Teofil znowu wskazał palcem niebo. – Do takiej wybranej chmurki wysyłam moje zmartwienie. Przylepiam je tam, przyklepuję, żeby się dobrze trzymało, i patrzę, jak sobie płynie po niebie. Wreszcie ten mój kłopot na białym obłoczku, o, choćby takim jak ten parowiec, oddala się i znika za horyzontem. A ja wstaję, otrzepuję się i więcej o nim nie myślę.

Po tych słowach zrobiło się cicho. Pan Teofil coś tam chyba przyczepiał do swojego statku, a Witek to już na pewno, bo nie odrywał oczu od latającego spodka i poruszał ustami, jakby sam ze sobą rozmawiał. A ja? Ja jak na złość nie miałem żadnych zmartwień! Co za pech! Taka świetna okazja, żeby pozbyć się kłopotów, a tu nic nie przychodziło mi do głowy. Tak się starałem coś wymyślić, że aż się spociłem. W końcu przypomniałem sobie, że nie potrafię gwizdać. Jak próbuję, to wychodzi mi tylko takie: fiu, fiu i chłopcy pękają ze śmiechu. Przyczepiłem więc to moje marne gwizdanie do chmurkowego konia bez ogona, a ten pogalopował po niebie aż za horyzont. Od razu poczułem się lepiej i jeszcze pomyślałem sobie, że mam w nosie głupie chichoty kolegów i że jak kupię w kiosku gwizdek, to tak któremuś gwizdnę znienacka za uchem, że całkiem zbaranieje. Gdy sobie już to wszystko obmyśliłem, zerwałem się na równe nogi. Witek też wstał. Humor mu się chyba poprawił, bo uśmiechnął się od ucha do ucha i spytał pana Teofila:

– Dziadku, czy został ci jeszcze chociaż jeden melaśnik?

Melaśniki oczywiście się znalazły. Witek chwalił konfiturę malinową, a dziadek nie pytał go, co przyczepił do różowej chmurki, tylko dokładał następne rurki gęsto posypane cukrem pudrem. I w ten dziwny sposób zawiązał się między nimi kolejny supełek cichego porozumienia, jakie może mieć tylko wnuk z najprawdziwszym dziadkiem.

Pewnie dlatego Witek coraz częściej odwiedzał pana Teofila. Ja niestety nie zawsze mogłem wybrać się razem z nim. Tak jak wtedy, kiedy musiałem pójść z mamą na zakupy, choć wcale nie miałem na to ochoty. Wolałbym jeść wiśnie i ćwiczyć plucie pestkami na odległość, ale mama uparła się, żeby kupić mi nowe buty, a do tego potrzebne jej były moje nogi.

Witek opowiadał mi potem, że gdy przyszedł, pan Teofil jak zwykle reperował jakiś stary zegar. Oglądał go przez wielką lupę, dokręcał błyszczące śrubki i mruczał pod nosem:

– Nic się nie martw, mój mały, zaraz będziesz wybijał godziny, jak się patrzy. Już moja w tym głowa.

Oczywiście przy tej okazji dziadek po raz kolejny próbował wytłumaczyć Witkowi, jak to jest z tymi godzinami, i po raz kolejny Witkowi zakręciło się w głowie od sekund i kwadransów.

– A co było potem? – spytałem, bo chciałem się upewnić, czy przez te głupie buty nie ominęło mnie coś ciekawego.

– No, żałuj, że cię nie było, bo potem, bracie, to ja sobie spokojnie, kartka po kartce, przeglądałem tajemniczą księgę.

– Jak to? – zatkało mnie, bo ta księga leżała u pana Teofila na wielkiej szafie i jeszcze nigdy nie udało nam się jej ściągnąć.

Właściwie nie wiedzieliśmy, co w niej jest, ale że była gruba, stara, zakurzona i jakby specjalnie ukryta, więc uznaliśmy, że to nie może być zwyczajna książka. A skoro nie zwyczajna, to pewnie czarodziejska i pełna tajemnic.

– Jakim cudem udało ci się wleźć na szafę?

– Nie do końca się udało – przyznał Witek – ale niewiele brakowało. Wspiąłem się na półki i już, już sięgałem po książkę, no prawie ją miałem, ale była za ciężka. Wypadła mi z rąk i poleciała z hukiem na ziemię. Ale grzmotnęła, mówię ci, to było jak uderzenie pioruna albo jak bąk puszczony przez słonia. Aż dziadkowi wszystkie śrubki i sprężynki pospadały ze stołu.

– No i co? Co było w tej książce? Jakieś straszne zaklęcia, okropne rysunki? – Chciałem wszystko dokładnie wiedzieć.

– Okazało się, że to wcale nie była jakaś księga czarów, tylko album ze zdjęciami. Zdjęcia były bardzo stare, żółte i postrzępione, a na nich różne babcie w czarnych sukniach, z fryzurami wyglądającymi jak gniazdo sępa i jeszcze dziwniejsi staruszkowie z zakręconymi wąsami – opowiadał Witek.

– Eee, to nic ciekawego. – Byłem trochę rozczarowany.

– Ja też tak myślałem – przyznał Witek – ale potem zobaczyłem zdjęcie, takie trochę mniej żółte i ładnie błyszczące. A na nim, nie uwierzysz, dziadek Teofil w samych majtkach na brzegu jeziora, bez kapelusza, za to w czepku na głowie.

– No i co w tym dziwnego? Pewnie sobie chciał popływać – wzruszyłem ramionami.

– A zdziwiłbyś się, i to bardzo, bo tam wszędzie dokoła był śnieg, mnóstwo śniegu, a jezioro w połowie zamarznięte. To była zima! Dziadek kąpał się w środku zimy! – zawołał triumfalnie Witek.

– Coś ty?! W zimie w samych majtkach, na śniegu?! – Nie mogłem uwierzyć.

– No i podobno bardzo to lubił i wcale nie miał potem kataru – zapewnił Witek.

Oczywiście od razu postanowiliśmy sprawdzić, czy w takiej zimnej wodzie jest fajnie. Napełniliśmy największy garnek, jaki mama miała w kuchni, i wsadziliśmy tam nogi. Już po chwili zrobiły się blade i okropnie szczypały. To było nie do wytrzymania. Wyskoczyłem z garnka i owinąłem nogi ręcznikiem. Witek krzywił się strasznie, ale moczył nogi dłużej ode mnie. Był z tego bardzo dumny. Mówił, że mógłby tak wytrzymać do wieczora i że ma to po dziadku. Też coś!

Szczerze mówiąc, trochę żałowałem, że mój dziadek nie biega w majtkach, albo jeszcze lepiej na golasa, po zamarzniętym jeziorze. On niestety wolał siedzieć na brzegu i łowić ryby. A pan Teofil zawsze nas czymś zaskakiwał i Witek chodził potem dumny jak paw i chwalił się na prawo i lewo, jakiego on to ma fajnego dziadka. Tak samo było z huśtawką. Pan Teofil zrobił ją dla nas i zawiesił na wielkiej, starej jabłoni. Potem, żeby ją wypróbować, huśtał się przez pół dnia wysoko, w górę i w dół, w górę i w dół, aż mu koszula w krokodyle powiewała, a biedne gady mrużyły ślepia ze strachu. Słomkowy kapelusz jakimś cudem trzymał się na głowie, choć pan Teofil bujał się tak mocno, że piętami prawie dotykał nieba. Nie wiedziałem, że staruszkowie tak lubią szaleć na huśtawkach. Choć właściwie czemu nie? Przecież trudno o coś przyjemniejszego. Kiedy wreszcie przyszła moja kolej, odepchnąłem się z całych sił i poszybowałem w górę. Co prawda nie tak wysoko jak pan Teofil, ale i tak było super.

– Nikt nie wygra z moim dziadkiem. On jest najlepszy – powtarzał wszystkim Witek i gotów był bić się z każdym, kto miał inne zdanie.

A Franek miał. Franek był wielki, piegowaty i złośliwy. Jeśli właśnie nie podkładał komuś nogi, to gwizdał przeraźliwie na palcach albo pokazywał język. Czasami, gdy wykrzywiał się paskudnie na mój widok, zastanawiałem się, czy ten złośliwiec przypadkiem nie jada purchawek na śniadanie, skoro jest taki okropny. I gdy ten Franek usłyszał przechwałki Witka, że jego dziadek huśta się najwyżej na świecie, najpierw zrobił się czerwony jak wiśnia, a potem zagwizdał przeraźliwie i wrzasnął:

– No jak ten twój dziadziuś tak pięknie się husia, to zabierz go na karuzelę albo na zjeżdżalnię. Tam dopiero będzie miał zabawę. Albo lepiej daj mu łopatkę i idźcie sobie do piaskownicy robić babki.

– Odczep się od mojego dziadka! – Witek aż trząsł się ze złości.

– Bo co?! – uśmiechnął się wrednie Franek.

– Bo oberwiesz! – Teraz to już Witek trochę przesadził, bo Franek był od niego starszy, większy i o głowę wyższy.

– Ale się boję! Ojej, aż się trzęsę ze strachu! – Łobuz krzywił się okropnie, udając przerażenie. – Wiciu, błagam, nie bij mnie! – kpił dalej. – Twój dziadek nosi koszulę w żółwiki i słomiany kapelusz, bo pewnie jest trochę stuknięty, ale to przecież nie twoja wina, Wiciu.

No i tego było już dla Witka za wiele. Szybko zdjął okulary i z okrzykiem: „Sam jesteś stuknięty i głupi jak but!" rzucił się

na Franka, młócąc pięściami na oślep. Ten jakby tylko na to czekał, więc już po chwili okładali się, szarpali i kopali w najlepsze. Nie mogłem tak stać bezczynnie. Ruszyłem z odsieczą. Właśnie turlali się po ziemi i szczęśliwym trafem udało mi się złapać Franka za jego zmierzwione kudły. Niestety, wtedy pojawiła się sąsiadka i przepędziła nas, krzycząc:

– Co się tu wyrabia?! Ach, wy łobuzy! Zabierać mi się stąd! I to już!

No to uciekliśmy. Choć tak naprawdę łobuz był tam tylko jeden – Franek oczywiście. I to przez niego Witek miał spuchniętą wargę i podrapane czoło. Ja straciłem dwa guziki w koszuli i musiałem porządnie otrzepać palce z burych kłaków. Witek przykrył zadrapanie grzywką i myśleliśmy, że pan Teofil niczego nie zauważy. Zwłaszcza że, gdy stanęliśmy przed furtką, siedział na drzewie i zrywał wiśnie do koszyka. Pomachał nam wesoło i pokazał, że na gałęzi jest jeszcze miejsce dla nas. Ale po chwili przetarł okulary, przyjrzał się nam uważnie i zszedł z drzewa. Przestał się uśmiechać i całkiem poważnie zapytał:

– A to co? – Miał na myśli oczywiście wargę Witka, która puchła w oczach i zmieniała kolor na piękny fiolet.

Nie było sensu kręcić, więc opowiedzieliśmy wszystko po kolei. Nawet trochę dodaliśmy od siebie, opisując, jak straszliwą stoczyliśmy bitwę z przeciwnikiem, który, tak na oko, miał chyba z sześć nóg i tyle samo rąk, zakończonych pięściami jak arbuzy.

Pan Teofil miał taką minę, jakby nam nie dowierzał. Zmarszczył brwi i nerwowo skubał wąs, przypominający siwiejącą gąsienicę.

Jeśli mieliśmy przez chwilę nadzieję, że będzie z nas dumny, to właśnie ją straciliśmy. Zapadła nieprzyjemna cisza. W końcu starszy pan westchnął, nalał nam kompotu, Witkowi przyłożył zimny kompres i stwierdził:

– Nic a nic mi się to nie podoba. Nie można się rzucać na każdego, kto gada głupoty. Pamiętajcie, że kto językiem miele, ten głupi jak cielę. Na takiego lepiej machnąć ręką, bo rozmowa za pomocą pięści i kopniaków, jak widać, do niczego dobrego nie prowadzi.

– Ale z Frankiem nie da rady inaczej. Jego nikt nie lubi. On chyba je purchawki i dlatego jest taki okropny – usiłowałem wytłumaczyć panu Teofilowi, z kim mamy do czynienia.

– No, takich przysmaków to ja nie mam. Mogę wam najwyżej usmażyć melaśniki, ale pod jednym warunkiem – zastrzegł.

Byliśmy gotowi zgodzić się na wszystko, byle zostawił w spokoju wąsy i nie marszczył już tak brwi.

– Żadnych bójek więcej. Żadnego okładania się pięściami, szczypania, popychania i kopania. A tego waszego zadziornego koleżkę możecie zaprosić do mnie na wiśnie i na huśtawkę. Może on nie jest taki zły, jak wam się wydaje, i może wcale nie objada się tymi okropnymi purchawkami? – Pan Teofil zmienił Witkowi okład i zabrał się do smażenia melaśników.

– Nam się nic nie wydaje. Franek jest wredny jak nie wiem co i naszą huśtawkę może sobie wybić z tego piegowatego łba – powiedział Witek, nachylając się do mnie. – Ja tam nie lubię się bić – dodał, dotykając palcem spuchniętej wargi – ale jak on jeszcze raz powie coś na mojego, najlepszego na świecie, dziadka, to gorzko pożałuje.

Pan Teofil, który krzątał się w kuchni, spojrzał na Witka i wtedy coś mu błysnęło w kącikach oczu. Niby widziałem, co to było, ale nie mógłbym przysiąc, bo szybko się odwrócił i przetarł ścierką swoje wielkie jak spodki okulary.

Ten Witek to ma szczęście. I to nic tylko dlatego, że znalazł takiego fajnego dziadka, ale jeszcze na dodatek znalazł całe, wielkie, okrągłe pięć złotych. Leżało sobie na drodze i nie wiem, jakim cudem on je zauważył, a ja nie. Przecież ja też rozglądałem się na wszystkie strony i patrzyłem pod nogi. A może to dlatego, że Witek nosi okulary? W każdym razie postanowiłem, że następny pieniążek musi trafić w moje ręce, choćbym miał chodzić zgięty wpół, z nosem przy samej ziemi. Tymczasem Witek swoje pięć złotych wyczyścił rękawem tak, że błyszczało jak gwiazda. Dał mi je na chwilkę potrzymać, a potem wsadził do kieszeni i niósł tak ostrożnie, jakby to było jajko, a nie zwykła moneta. Dał ją nawet powąchać Warczysławowi, ale oblizać już nie pozwolił, no i oczywiście pochwalił się dziadkowi. Na widok lśniącej piątki pan Teofil pokiwał z uznaniem głową i powiedział:

– Trafiła ci się, chłopcze, całkiem niezła sumka. Pewnie się teraz zastanawiasz, co z nią zrobić?

– Ja już wiem, co zrobię. Wrzucę ją do skarbonki. Bardzo mi się przyda, bo ja – tu Witek ściszył głos, jakby zdradzał nam tajemnicę – ja zbieram na bilet.

– O! A cóż to ma być za bilet? – Pan Teofil był zdziwiony nie mniej ode mnie.

– Bilet na samolot. Do Afryki – wyjaśnił Witek, a widząc nasze miny, dodał: – Bo ja chcę zobaczyć zebry, żyrafy i małpy, jak sobie biegają po łąkach, no a przede wszystkim chciałbym się zaprzyjaźnić z jakimś słoniem. Najlepiej bardzo wielkim. Na takim słoniu można jeździć jak na kucyku. Trzeba tylko usiąść mu na głowie, tak gdzieś między uszami, i powiedzieć: „Jedź, Mieciu" – bo tak właśnie zamierzam go nazwać. A jak poproszę Miecia, to on może nawet podrapać mnie trąbą po plecach. Albo może owinąć ją wokół drzewa, wyrwać je z korzeniami i rzucić byle gdzie. A wiecie, że trąba to jest nos słonia? Dlatego tak strasznie lubię słonie, bo przecież żadne inne zwierzę nie potrafi nosem wyrywać drzew. No nie?

Witek był bardzo z siebie zadowolony. Wydawało mu się chyba, że już siedzi Mieciowi na głowie, a ten wyrywa dla niego nosem afrykańskie lasy.

Nieźle to Witek wymyślił. Od razu postanowiłem, że nie będę już zbierał na rower, tylko na bilet do Afryki. Ale nie powiedziałem tego głośno, żeby się nie nazywało, że małpuję.

– Wierzę, że ci się uda i polecisz tam kiedyś. – Pan Teofil uśmiechnął się do Witka. – Warto mieć marzenia. Ja też miałem

takie jedno, które się spełniło i teraz stoi sobie tam. – Pokazał palcem na szopę przylegającą do domu.

– Masz, dziadku, w szopie słonia? – Witek był wstrząśnięty.

– Nie, słoń to jest twoje marzenie.

– No to co tam jest? – spytałem i aż mi brakło tchu na samą myśl, co tam może stać.

– Zobaczcie sami. – Pan Teofil wyjął z kieszeni wielki klucz i otworzył przed nami drzwi starej szopy.

Nie wiem, czego się spodziewałem. Chyba że będzie to coś żywego. Tymczasem w środku stała najprawdziwsza w świecie kareta. Czarna ze złotymi ozdobami. Miała okienka przesłonięte firankami, a w środku mięciutkie kanapy wyłożone czerwonym aksamitem. Po bokach dwie latarnie i małe rzeźbione schodki, żeby łatwiej było wsiadać. Do kompletu brakowało tylko pary koni.

– No i jak wam się podoba? – Pan Teofil starł z błyszczącej klamki jakiś nieistniejący pyłek.

– Jest… jest po prostu super! – Witek pierwszy odzyskał głos.

– Dawno temu znalazłem ją na wsi, w stodole u jednego gospodarza. Gdybyście widzieli, jak wtedy wyglądała. – Starszy pan aż złapał się za głowę. – To była ruina, zardzewiała i połamana. Miała powybijane szybki, a w kanapach myszy uwiły sobie gniazda. Musiała też być nie lada przysmakiem dla korników. Była w tak opłakanym stanie, że gospodarz oddał mi ją za grosze. I wtedy postanowiłem przywrócić jej dawną świetność. Marzyłem o chwili, gdy będzie tu stała piękna jak kiedyś. Zajęło mi to cztery lata, ale warto było – staruszek był z siebie bardzo dumny.

– Nigdy nie widziałem piękniejszej karety – przyznałem, poklepując mięciutkie kanapy. – Nawet te w bajkach nie są takie fajne.

– Mój dziadek ma karetę, mój dziadek ma karetę – powtarzał w kółko Witek, podskakując na jednej nodze.

– A będziemy mogli kiedyś się nią przejechać? – spytałem, wyobrażając sobie, jaką minę miałby Franek, gdyby nas zobaczył.

– Mam nadzieję, że tak – odparł pan Teofil, pokazując nam, jak opuszcza się szybki w drzwiach.

– Moglibyśmy zaprząc do niej Miecia. Dla prawdziwego słonia to byłaby łatwizna. Siedzielibyśmy sobie wygodnie na pluszowych kanapach, a on by nas ciągnął i jeszcze od czasu do czasu wyrywałby nosem jakieś drzewo – rozmarzył się Witek.

– No cóż, zazwyczaj karecie wystarczy koń albo dwa, ale z Mieciem wyglądałaby oczywiście o wiele lepiej – przyznał staruszek.

– O kurczę, byłoby super – westchnąłem.

Na początku krążyliśmy wokół karety trochę onieśmieleni, ale już po chwili broiliśmy w najlepsze, wspinając się na nią, turlając po kanapach, wskakując do środka z jednej, a wyskakując z drugiej strony. Pan Teofil przyglądał się nam lekko zaniepokojony. Wtedy Witek wpadł na pomysł, że dziadek będzie podstępnym koniokradem, a my dzielnymi szeryfami. Właśnie chcieliśmy go aresztować i wsadzić na pięć lat do karety, gdy zgasił fajkę, wyciągnął nas z szopy i zamknął drzwi wielkim kluczem.

– Czy wiecie, chłopcy, która godzina? – spytał.

Oczywiście nie mieliśmy pojęcia.

– Chyba już późno. Musimy wracać do domu? – zgadywałem.

Staruszek pokiwał głową i poprowadził nas do furtki, a żółwie na jego koszuli ziewały cichutko. Już mieliśmy się pożegnać, gdy Witek zapytał:

– Myślisz, dziadku, że polecę kiedyś do tej Afryki i spotkam Miecia?

– Jestem pewien, że tak się stanie. On tam wywija swoim długim nosem i czeka na ciebie. Marzenia się spełniają, wiem to na pewno. Zresztą ty, Wiciu, jesteś tego najlepszym przykładem – powiedział z uśmiechem pan Teofil.

– Ja? Jak to ja? – Oczy Witka zrobiły się okrągłe ze zdumienia.

– Ano tak, bo ja zawsze chciałem mieć wnuka. Inni to mają nawet dwóch albo trzech, a ja nie doczekałem się ani jednego. Nawet takiego całkiem małego i chudziutkiego. Ale na szczęście pojawiłeś

się ty, Wiciu, wnuk jak malowany i na dodatek z pięknym futerałem na okulary. I jak tu nie wierzyć, że marzenia się spełniają?

Pan Teofil nie czekał na odpowiedź, tylko pomachał nam na pożegnanie i odszedł, potykając się co krok o plączącego się pod nogami Warczysława. A Witek przez całą drogę do domu wyliczał rzeczy, które zabierze ze sobą w podróż do Afryki, gdy tylko uzbiera na bilet.

Niedługo potem były urodziny Witka. Jego mama upiekła tort cytrynowy, a tata kupił nowe wagoniki i superszybką lokomotywę. W ogóle to rodzicom Witka znudziły się już chyba kłótnie, bo gdy nadmuchiwali baloniki, to ciągle chichotali, a śpiewając „Sto lat", trzymali się za ręce. Przy stole nie zabrakło oczywiście pana Teofila, a pod stołem Warczysława Łobuzkiewicza. Starszy pan tym razem miał na sobie koszulę w rekiny, które uśmiechały się krzywo i zezowały na ociekający lukrem tort.

– Spójrz, Wiciu, co ci przyniosłem – powiedział w pewnej chwili pan Teofil i wyjął z kieszeni nieduże podłużne pudełko przewiązane wstążeczką.

– Co to takiego? – Witek jednym pociągnięciem rozwiązał kokardkę i otworzył wieczko.

– Ojej, zegarek! Prawdziwy zegarek! – zawołał i natychmiast przyłożył do ucha, żeby posłuchać, jak tyka.

Potrzebny mu ten zegarek jak rybie ręcznik. Przecież i tak nie potrafi odczytać, która godzina, pomyślałem.

– Dziękuję, dziadku. – Witek założył zegarek na rękę, a potem, przypatrując mu się uważnie, dodał: – Jest dokładnie piętnaście minut po czwartej.

Staruszek przetarł swoje wielkie okulary, spojrzał na stary zegar wiszący na ścianie i powiedział:

– Nie do wiary, rzeczywiście kwadrans po czwartej.

– Wiciu, kochanie, a skąd ty to wiesz? – zdziwiła się mama.

– To całkiem proste – Witek był dumny jak paw. – Duża wskazówka krąży po tarczy i pokazuje minuty, a ta mała, grubiutka, jest trochę leniwa, posuwa się powolutku i wskazuje godziny. Przed chwilą właśnie minęła godzinę czwartą.

No nie, Witek naprawdę połapał się, o co chodzi z tymi zegarami. Przy stole słychać było „ochy", „achy" i pochwały. Witek z tego wszystkiego zrobił się blady, jego tata czerwony, a mama jak zwykle była różowa. Ja zaś straciłem apetyt i ledwo dojadłem trzeci kawałek tortu. Popijałem go właśnie sokiem, gdy pan Teofil pochylił się nade mną i powiedział:

– Jak nauczysz się odczytywać godziny, Marcinku, to też dostaniesz taki zegarek. Nie może być inaczej, w końcu masz za sąsiada zegarmistrza.

Po tych słowach uśmiechnąłem się do pana Teofila i poczułem, że apetyt jednak mnie nie opuścił, więc sprawdziłem, jak smakują kolejne dwa kawałki tortu. Były lepsze niż te trzy pierwsze. Coraz bardziej podobało mi się na tych urodzinach. Warczysław też bawił się świetnie, zwłaszcza odkąd rzucałem mu pod stół duże okruchy ciasta. Szczerze mówiąc, nie mogłem się już doczekać, kiedy wreszcie będą moje urodziny. Wiedziałem, że wtedy przyjadą dziadek z babcią i przywiozą mnóstwo ślicznych, szeleszczących paczuszek z prezentami, a od pana Teofila dostanę prawdziwy zegarek. Spojrzałem na niego ukradkiem, a on mrugnął do mnie porozumiewawczo i wyjął swoją małą, czarną fajkę. Widocznie zrobiło mu się żal zmarzniętych komarów, które latały nad stołem, kichając cichutko. Już po chwili mogły ogrzać sobie na cybuchu zziębnięte nogi, a w powietrzu zawisła smuga gryzącego dymu.

To był najlepszy moment, żeby wypróbować nowe wagoniki i superszybką lokomotywę. Wszystko działało znakomicie. Pociąg śmigał po torach, aż się kurzyło. Zrobiliśmy kilka udanych katastrof kolejowych i zaplanowaliśmy nawet atak kosmitów na Dworzec Centralny, a głównym kosmitą miał być Warczysław. Niestety, mama uparła się, że musimy już wracać do domu, i choć walczyłem jak lew, żeby zostać jeszcze chwilkę – nic nie pomogło. Poszliśmy i dworzec ocalał.

Dopiero w domu poczułem, że ledwo trzymam się na nogach. Byłem bardzo zmęczony i nawet nie pamiętam, jak znalazłem się w łóżku. Tym razem mama nie musiała mi czytać bajki na dobranoc, bo ledwo przyłożyłem głowę do poduszki, pokój

zawirował i odpłynął, a ja zapadłem w sen. W moim pięknym śnie wielki szary słoń o imieniu Miecio ciągnął cudną czarną karetę. Karetę zdobiły złote okucia, rzeźbione schodki i dwie świecące jasno latarnie. W środku na pluszowych kanapach siedzieliśmy sobie we trójkę: pan Teofil, Witek i ja. Wszyscy mieliśmy na rękach po trzy zegarki, Witek założył sobie wargę na nos, a małpy na koszuli pana Teofila okładały się bananami. Kareta pędziła, podskakując na wybojach, Miecio wyrywał nosem napotkane po drodze drzewa, a ja gwizdałem popisowo jak sam świstak. Nie przestałem gwizdać, nawet gdy za szybką mignął mi wredny Franek, który zbierał purchawki i na nasz widok zzieleniał z zazdrości. Pan Teofil częstował nas melaśnikami z dżemem truskawkowym, a ja co chwila znajdowałem na podłodze błyszczące pięciozłotówki. Witek przesiadł się z karety na Miecia, wlazł mu na głowę i powtarzał do każdego wielkiego ucha z osobna, że ma najlepszego dziadka na świecie. Miecio, który miał na trąbie złoty zegarek, sprawdził, która godzina, i podrapał Witka po plecach. Jechaliśmy tak chyba prosto do Afryki, a w ślad za karetą biegł rozczochrany Warczysław Łobuzkiewicz.

No i niech mi ktoś powie, czy można sobie wyobrazić piękniejszy sen?

Jeśli spodobała Ci się historia o dziadku Teofilu, może przeczytasz także inne książki Renaty Piątkowskiej:

— dowcipne baśnie o przesądach

— książkę o przygodach Maćka i jego młodszej siostry Oliwki

— opowiadania o zawodach, które dzieci chciałyby wykonywać w przyszłości

— opowiadania o zwyczajach i tradycjach

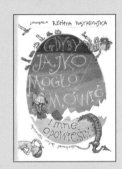

— wesołe i pouczające opowiadania o przysłowiach

— o tym, jak wypadający ząb wpadł wprost do szklanki z lemoniadą

— o magicznych cukierkach, które zmieniły życie Piotrka

— opowiadania o przygodach przedszkolaka Tomka

— o tym, co paluszki przedszkolaka robią przez cały dzień

TEATR DLA LUDZI
z WYOBRAŹNIĄ

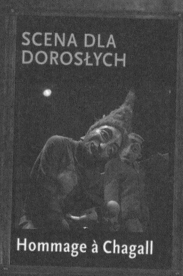

SCENA DLA
DOROSŁYCH

Hommage à Chagall

WWW.GROTESKA.PL

IMPREZY
PLENEROWE

Wielka Parada
Smoków

Teatr
Groteska

UL. SKARBOWA 2, 31–121 KRAKÓW
TEL. 12 633 48 22